Is liomsa an leabhar
Walker Éireann seo:

póg
D'Orla

Póg Mar Seo
póg
póg
Mary Murphy

Is séimh agus
is ard í póg
an tsioráif ...

Is tapa
agus
is beag
í póg na
luiche ...

Tá
póg an
éisc cosúil le
plup plap ...

Tá póg na beiche ar nós

bzúm bzúm...

Is fada agus
is tiútaí
fliútaí i póg
na heilifinte...

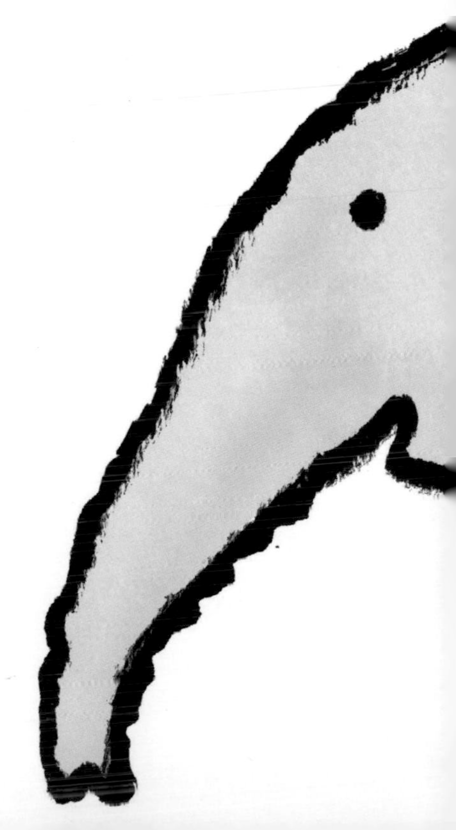

TIÚTAÍ

FLIÚTAÍ

mar seo!

póg

Húú hú-húúúí –
sin póg an

ulchabháin duit ...

A thiarcais! Féach!

Tá siad ar fad ag pógadh a chéile!

Anois, níl ach póg amháin in easnamh ...

Do phógsa!

póg
Mar Seo!